1867 (Février 25)

COLLECTION DE FEU Mr E. Gaillard.

TABLEAUX

MODERNES

Me CHARLES PILLET
COMMISSAIRE-PRISEUR

M. FRANCIS PETIT
EXPERT

RENOU ET MAULDE

IMPRIMEURS DE LA COMPAGNIE DES COMMISSAIRES-PRISEURS

Rue de Rivoli, 144.

CATALOGUE

DES

TABLEAUX MODERNES

COMPOSANT LA COLLECTION DE FEU

MR E. G...

DONT LA VENTE AURA LIEU

PAR SUITE DE SON DÉCÈS

HOTEL DROUOT, SALLE N° 8

Le Lundi 25 Février 1867

A DEUX HEURES PRÉCISES

EXPOSITION PARTICULIÈRE

Le Samedi 23 Février, de une heure à cinq heures.

EXPOSITION PUBLIQUE

Le Dimanche 24 Février, de une heure à cinq heures.

Me CHARLES PILLET
COMMISSAIRE-PRISEUR
rue de Choiseul, 11.

M. FRANCIS PETIT
EXPERT
rue Saint-Georges, 7.

CONDITIONS DE LA VENTE

Elle sera faite au comptant.

Les Acquéreurs paieront CINQ POUR CENT, en sus du prix d'adjudication, applicables aux frais.

DÉSIGNATION

DES

TABLEAUX

ACHARD

1 — **Vue des environs de Grenoble.**

H. 75 c. L. 127 c.

ACHARD

2 — **Vue de Sassenage près Grenoble.**

H. 60 c. L. 100 c.

ACHARD

3 — **Vue de Saint-Egrève près Grenoble.**

H. 60 c. L. 100 c.

BÉRANGER

(CHARLES)

4 — **Deux Chevaux attelés à une charrue ; effet de soleil couchant.**

H. 37 c. L. 59 c.

BOUGUEREAU

5 — **Idylle.**

Debout dans un bois, une jeune fille drapée à l'antique, effeuille une marguerite ; à ses pieds est assis un jeune berger qui la regarde avec amour.

H. 85. c. L. 63 c.

BRILLOUIN

6 — **Un Spadassin.**

H. 20 c. L. 4 c.

DECAMPS

7 — **Rue d'un village italien.**

Des maisons de construction pittoresque et vivement éclairées par le soleil bordent une rue à degrés qui monte vers la montagne ; sur le devant et dans l'ombre, une petite fille cause avec un jeune garçon gardant des porcs, d'autres enfants sont près d'eux ; dans le fond, plusieurs figures sur le seuil des maisons.

Daté de 1838 — H. 93 c. L. 74 c.

DECAMPS

8 — **Paysage oriental.**

Un aqueduc en ruines vient aboutir à une sorte de bassin bordé de pierres près d'un groupe de pins qui se détache sur le ciel ; le paysage est inondé de lumière ; des soldats groupés sur le sommet de l'aqueduc causent avec des femmes qui viennent puiser de l'eau.

Daté de 1847. — H. 31 c. L. 42 c.

DECAMPS

9 — **Paysans italiens attablés.**

Dans une salle d'auberge éclairée seulement par un rayon de soleil qui frappe la muraille, des paysans italiens finissent leur repas ; un jeune enfant les regarde, assis au bout de la table ; un chapeau, un paquet, un panier et un bâton sont à terre près de la cheminée ; au mur est appendue une image de la Madone, devant laquelle brûle une lampe.

H. 53 c. L. 44 c.

DECAMPS

10 — **Plage des environs de Dieppe.**

Sur la plage à marée basse, où une barque vient d'échouer, les femmes du port déchargent le pois on et l'apportent dans des mannes en se tenant par longues files. Le ciel est éclairé par le soleil du matin.

Vente Decamps, 1852. — H. 22 c. L. 32 c.

DECAMPS

11 — **Éléphant et Tigre.**

Dans un paysage de l'Inde et sous un ciel brûlant, un éléphant et un tigre séparés seulement par un cours d'eau se menacent : le tigre est prêt à s'élancer ; plus loin, un grand nombre d'éléphants sont dispersés dans la prairie.

Daté 1849. — H. 22 c. L. 38 c.

DECAMPS

12 — **Un Café turc.**

Plusieurs personnages sont assis moitié dans l'ombre, moitié dans la lumière, sur une sorte de terrasse qui précède le café ; les babouches et les armes sont déposées à terre.

H. 28 c. L. 24 c.

DECAMPS

13 — **Écurie de poste aux chevaux.**

Trois chevaux sont au râtelier ; l'un d'entre eux est tout sellé ; le palefrenier mesure l'avoine qu'il va leur donner ; près de là, une poule est venue becqueter dans le fumier.

H. 53 c. L. 46 c.

DECAMPS

14 — **Pirates grecs.**

Des pirates sont assis et causent dans une caverne formée de rochers; des caisses et autres objets sont déposés à terre; dans le fond on aperçoit la mer et quelques barques sur la plage.

Daté 1850. — H. 26 c. L. 32 c.

DECAMPS

15 — **Une Rue de village aux environs de Paris.**

Une mare longe un grand mur dans la demi-teinte; l'autre côté de la rue, bordé de murailles et de maisons, est vivement éclairé par le soleil; au premier plan, une femme revient portant un paquet d'herbes sur la tête; elle tient par la main un enfant qui joue avec un chien.

H. 31 c. L. 40 c.

DECAMPS

16 — **Jardins d'une Mosquée en Turquie.**

Des personnages sont assis par divers groupes sous de grands arbres au bord de l'eau; plusieurs d'entre eux causent et fument.

H. 32 c. L. 46 c.

DECAMPS

17 — **L'Arrivée au bivouac.**

C'est le soir. Un moulin à vent se détache en silhouette sur le ciel éclairé par la lune qui sort des nuages et monte à l'horizon; Napoléon Ier à cheval, suivi de quelques officiers, quitte la route et se dirige vers une ferme destinée au bivouac. Dans le fond, on voit l'armée en marche.

H. 32 c. L: 44 c.

DECAMPS

18 — **La Prière à l'église.**

Une femme italienne tenant un enfant dans ses bras et un petit garçon par la main, est debout et prie, arrêtée devant une chapelle.

Daté de 1845. — H. 26 c. L. 19 c.

DECAMPS

19 — **Laveuses.**

Deux femmes sont à genoux et lavent au bord d'une rivière; près du lavoir, se trouvent une hotte, un panier et du linge. Sur la berge en face et au loin un groupe d'arbres et quelques figures.

Daté de 1842. — H. 25 c. L. 33 c.

DECAMPS

20 — **Relais de chasse.**

Un valet garde deux chiens couplés; il attend, appuyé contre un grand arbre, dans la forêt. Effet d'hiver.

H. 42 c. L. 29 c.

DECAMPS

21 — **Les Catalans, près de Marseille.**

Plusieurs barques sont sur le rivage; les pêcheurs raccommodent leurs filets. Dans le fond, un grand bâtiment domine la mer.

H. 24 c. L. 40 c.

DECAMPS

22 — **Une Sablonnière, forêt de Fontainebleau.**

Paysage ; effet d'automne. Sur le premier plan un chasseur et ses deux chiens parcourent les bruyères ; plus loin, un paysan, monté sur une charrette, suit la route qui conduit à la sablonnière.

H. 27 c. L. 35 c.

DECAMPS

23 — **Paysage.**

Deux cavaliers suivent une route accidentée ; effet de matin.

Forme ovale. — H. 11 c. L. 13 c.

DECAMPS

21 — **Cour d'un vieux Château servant de ferme.**

Des femmes lavent du linge à une mare au bord de laquelle sont des canards ; dans le fond, deux paysans, dont un monté sur un cheval blanc.

H. 27 c. L. 21 c.

DECAMPS

25 — **Soldats albanais à la porte d'une prison.**

H. 27 c. L. 19 c.

DECAMPS

26 — **Chasseur au marais. (Esquisse.)**

H. 20 c. L. 29 c.

DE DREUX

(ALFRED)

27 — **Cheval arabe blanc et Chien boule dogue.**

H. 60 c. L. 72 c.

DE JONGHE

(GUSTAVE)

28 — **Indiscrétion; intérieur d'atelier.**

H. 31 c. L. 24 c.

DIAZ

29 — **Sainte Famille.**

H. 30 c. L. 23 c.

R. 98.800.

DIAZ

800 30 — **Vénus et l'Amour.**

H. 43 c. L. 22 c.

DIAZ

1.000. 31 — **Jeune Enfant assis avec un chien à ses pieds.**

H. 46 c. L. 13 c.

DUPRÉ

(JULES)

800. 32 — **Paysage : Mare bordée de vieux arbres.**

H. 47 c. L. 58 c.

101.400

R. 101.400.

DUPRÉ

(JULES)

600. 33 — Prairie traversée par une rivière; soleil couchant.

H. 25 c. L. 42 c.

FICHEL

800. 34 — **Deux Amateurs de musique.**

H 21 c. L. 16 c.

GUDIN

400. 35 — **Marine ; effet de soleil couchant.**

103.200

H. 42 c. L. 60 c.

JACQUE

36 — **Poules et Coq dans une basse-cour.**

H. 20 c. L. 30 c.

KUWASSEG

(PÈRE)

37 — **Paysage montagneux avec cascade.**

H. 73 c. L. 60 c.

KUWASSEG

(PÈRE)

38 — **Falaises battues par la mer.**

H. 40 c. L. 32 c.

LAMBRON

39 — **Un Flâneur.**

H. 50 c. L. 26 c.

LEGENTILE

40 — **Paysage : petit Pont de bois traversant une rivière.**

H. 37 c. L. 83 c.

MARILHAT

41 — **Paysage; effet du soir.**

Cette étude provient de la vente après décès de Marilhat.

H. 21 c. L. 34 c.

PASINI

42 — **Cavaliers persans courant à travers plaine.**

H. 24 c. L. 35 c.

PLASSAN

43 — **Servante indiscrète.**

H. 17 c. L. 13 c.

ROBERT FLEURY

44 — **La Madeleine au désert.**

H. 48 c. L. 41 c.

ROQUEPLAN

45 — **Plage des environs de Biarritz.**

H. 38 c. L. 64 c.

ROUSSEAU

(THÉODORE)

46 — **Paysage.**

Prairie coupée de massifs d'arbres. Sur le premier plan, une mare où viennent boire des animaux; le ciel est couvert.

H. 40 c. L. 65 c.

ROUSSEAU

(PHILIPPE)

47 — **Nature morte.**

Un canard sauvage et d'autres gibiers sont suspendus à la muraille; à terre, le chapeau, la gibecière et le fusil du chasseur.

Forme cintrée. — H. 97 c. L. 75 c.

TROYON

48 — **La Route du Marché.**

Au milieu du brouillard du matin, des paysans conduisent un troupeau de moutons au marché; la fermière les précède, montée sur un âne et tenant un enfant devant elle.

H. 91 c. L. 73 c.

ZIEM

49 — **Vue de Damanhour sur le Nil.**

Effet de soleil couchant. Le fleuve est bordé de palmiers qui se détachent sur le ciel; un troupeau de buffles se met à l'eau; on aperçoit sur la droite les dernières maisons de la ville.

H. 77 c. L. 1 m. 45 c.

DORNER

50 — **Deux Soldats chantent appuyés à une fenêtre.**

Vente du maréchal Soult.

H. 25 c. L. 22 c.

ÉCOLE FLAMANDE

51 — **Conversion de saint Mathieu.**

Vente du maréchal Soult.

H. 55 c. L. 72 c.

ÉCOLE ITALIENNE

52 — **Frise : des Enfants faisant vendange.**

H. 32 c. L. 103 c.

Renou et Maulde, Imprimeurs de la Compagnie des Commissaires-Priseurs,
rue de Rivoli, 144. 58

[illegible] le traité de Constantinople en date du 6 février, d'après lequel [illegible] vice-roi d'Égypte aurait demandé à la Porte plusieurs privilèges nouveaux, [illegible]

[illegible] Andrassy [illegible] de présenter [illegible] des membres du cabinet.

Vienne, 18 février.

Le traité suivant a été communiqué aujourd'hui [illegible]

Constitution [illegible] la Prusse et les autres [illegible] entre [illegible] fédération du Nord, pour être soumis à la sanction du prochain Parlement fédéral.

[illegible]

Le Parlement est nommé par la voie du suffrage universel et direct. Les fonctionnaires [illegible]

[illegible] rée. Vous vous rappelez qu'en conséquence de divers traités passés avec les chefs indigènes, ces trois rivières, ainsi que leurs affluents, ont été placées dans le courant de l'année dernière sous [illegible]

par leur empressement à profiter des facilités qui leur sont offertes, de [illegible] au développement du [illegible]. Deux cents stations ont été ouvertes, dans le courant [illegible]

Feuilleton du Constitutionnel, 19 fév.

BEAUX-ARTS

DECAMPS

Decamps! — [illegible]

[illegible] Rousseau, un Roqueplan, un Marilhat, un Troyon [illegible]

[illegible] vaillé jusqu'à la perfection, il placera un épisode, une figure, « bonhomme » [illegible] voir une surprise qu'il réserve à l'acquéreur, un motif qu'on ne découvre point tout d'abord, qui ne se révèle qu'à la longue, qui attache, retient et auquel on revient. Ce contraste de dextérité sans précédent et de naïveté [illegible] est des plus curieux. Dans la *Rue d'un village [illegible]*, on remarquera cette petite scène [illegible] : à l'angle de la [illegible] maison à droite on aperçoit le bas de la jupe et le talon d'une femme qui vient de disparaître dans une ruelle [illegible]; à l'angle de la dernière maison de gauche, on voit poindre une tête d'âne [illegible] sur son bout. Cette disposition enfantine est là comme un sourire [illegible] de l'artiste. Decamps s'amusait à ces [illegible] plaisanteries. Tout cela d'ailleurs est noyé dans l'ombre des masures, et n'empiète d'aucune façon sur le parti général adopté pour la distribution du clair-obscur; il [illegible] ses malices en sourdine.

Les détails vraiment nécessaires à l'harmonie de sa toile, toujours conçue d'ensemble, il ne les escamote pas; tant s'en faut : telle est, dans ce tableau, la draperie rouge et blanche jetée dans le haut de la composition, en pleine lumière, à peine séparée du ciel violemment bleu, par quelques transitions savantes, des tuiles rousses, des feuillages d'un vert intense; et cela suffit pour relever d'un éclat de couleurs joyeuses l'aspect général lourd et morne de cette rue incendiée de soleil. Ce beau tableau est daté de 1838.

Le pittoresque du *Village italien* ressort de la silhouette fantasque de ses maisons. L'artiste n'avait pas besoin de trouver sur place cet heureux désordre de lignes pour faire un tableau piquant. Voyez en effet [illegible] une *Rue de village aux environs de Paris*. Il y a mis le même soleil, la même lumière écrasante, le même plein midi. D'un côté un long mur, dans la demi-teinte, fuyant en perspective droite; au pied du mur, une mare d'eau croupissante; de l'autre côté, un chemin tout en sablon bordant des maisons vivement éclairées. Toutes les lignes s'enfoncent dans la même direction vers l'horizon poudroyant et vibrant de chaleur. Il fallait rompre cette monotonie de lignes; l'artiste y a réussi en jetant toute seule en travers du chemin, l'ombre portée d'une figure de femme qui marche avec un paquet d'herbes sur la tête. Cette solution ingénieuse devait être trouvée par le peintre qui, entre tous, a le mieux joué avec les effets de lumière. En ce sens nulle difficulté ne l'arrête, il traduit avec une égale certitude toutes les heures de la journée. Comment ne pas reconnaître le matin à ces clartés faibles et nacrées qui illuminent dans le cadre noir où elle est encastrée, la *Plage des environs de Dieppe?* Une barque de pêche est échouée à marée basse; les femmes de la côte, dans l'eau jusqu'à mi-jambes, déchargent le poisson, en remplissent de longues mannes et retournent au rivage par longues files. Détail à noter : l'une de ces femmes est enceinte, elle accomplit cependant la rude besogne; mais l'observation toujours exacte de l'artiste se révèle ici une fois de plus : il a eu soin de ne pas placer cette figure à l'extrémité de la file de porteuses; pour rendre son travail moins pénible, ses compagnes l'ont mise auprès de deux d'entre elles, alertes et robustes, de manière à la soulager du plus lourd de son fardeau.

Chez Decamps rien n'est sacrifié au hasard. Il ne fait que ce qu'il veut, et tout ce qu'il fait est intentionnel, calculé, réfléchi, voulu; c'est un des caractères de la puissance réservée aux maîtres.

Ainsi voilà un tout petit paysage ovale, grand comme la main; ce n'est rien, mais l'idée du peintre y est admirablement traduite. Deux petits cavaliers y chevauchent à travers monts, sous le ciel clair, dans l'atmosphère blonde des automnes d'Italie. Ils avancent côte à côte, devisant d'amours et de guerres; et la route se déroule sous le pas cadencé des chevaux, toujours nouvelle en ses pittoresques détours, mais infinie et comme n'arrivant jamais. Il semble qu'on la suive de colline en colline, disparaissant ici, se montrant de nouveau un peu plus loin; on calcule, on se dit : elle sera là à telle heure, » et on met le doigt sur le panneau. C'est le rêve des promenades cavalières dans la nature.

Par contraste, voici nos automnes de France : une *Sablonnière* dans la forêt de Fontainebleau; — puis nos hivers : un *Relai de chasse* dans la forêt dépouillée, le *Chasseur au marais*. Toujours la lumière dit la saison et l'heure du jour dans l'œuvre de Decamps. On y trouve une perpétuelle confirmation de ce qu'il écrivait sur lui-même en 1851 à l'auteur des *Mémoires d'un Bourgeois de Paris*, M. le docteur Véron. Il avait connu tout enfant la vie des champs au fond d'un village de Picardie où l'avait envoyé son père. « Je ne sais ce que mes frères y apprirent, écrit-il; quant à moi j'oubliai bientôt mes parens et ce que notre bonne mère avait pris tant de soin de nous montrer de lecture et d'écriture. Je devins, en revanche, habile à dénicher les nids, ardent à dérober les pommes. Je mis la persistance la plus opiniâtre à faire l'école buissonnière, — car il y avait une école en ce pays-là, — et si le magister a rarement vu ma figure, il n'en saurait dire autant de mes talons. J'errais alors à l'aventure, parcourant les bois, barbottant dans les mares... Après trois années environ de cet apprentissage rustique, roussi par le soleil, suffisamment aguerri à aller nu tête et parlant un patois inintelligible, je fus ramené à Paris, dont je n'avais plus nulle idée. J'y fis longtemps la figure que fait un petit renard attaché par le cou au pied d'un meuble... Durant des années, les bois, les *larris*, les *courtils* (friches, herbages) me revinrent en mémoire avec un charme inexprimable; parfois les larmes m'en venaient aux yeux... » Ce fut là le meilleur de l'éducation esthétique de Decamps.

Le peintre, en effet, devait retrouver plus tard en ses souvenirs d'enfance, restés si vivans, l'amour du détail agreste qui complète le caractère du paysage : tantôt un vol d'oiseaux de passage, tantôt la lourde charrette et son essieu qui geint, une autre fois la vieille paysanne pliant sous sa charge de bois mort, ou bien, à la tombée du jour, entre chien et loup, le vieux garde traversant la forêt d'un pas rapide, le carnier plein, le fusil sous le bras, sifflant ses bassets; ici, des laveuses; là, un coup de feu : tous ces menus accidens qui accompagnent la méditation aux champs et fixent à jamais dans le souvenir du rêveur une impression de nature.

Un tableau de *Laveuses*, nº 19, de la collection E. G., est merveilleux par la fermeté et l'intensité du ton, par la chaude et puissante harmonie de l'ensemble. Il a la densité de l'agathe, il en a aussi l'inaltérabilité. Composition, dessin, couleur, le tout ne fait qu'un et semble incrusté là de toute éternité et pour l'éternité. On ne peut concevoir le moindre changement à cet ensemble énormément travaillé et d'où toute apparence de travail a disparu pour ne laisser voir que le résultat final : une œuvre d'art exquise et précieuse comme un joyau. Et pourtant je vois dans cette collection une autre toile à peu près de même dimension, dont le motif appartient également à notre paysage français et bien supérieure au tableau des *Laveuses*. Non-seulement toute trace de travail en est absente, mais on ne songe même plus, en voyant ce chef-d'œuvre, qu'on est en face d'une œuvre d'art. C'est l'émotion de la nature qui s'impose à nous directement. L'interprète, l'artiste n'existe plus, il n'est plus auprès de nous détaillant à plaisir les beautés du site. Cependant qu'est-il, ce site, par lui-même? Peu de chose : une barque, un bout de mer, quelques pierres [illegible] et n'est signalé que par l'interprétation d'un homme supérieur qui a su : il n'a pas tou-

La diminution du chiffre des [illegible] internationales, correspondant d'ailleurs à un accroissement de près de 27 pour 100 dans le mouvement des dépêches qui les ont produites, est la conséquence des réductions consi-

[illegible] d'entretien, 2.3 en construction, [illegible] seulement en lacunes. Ces chiffres témoignent suffisamment de la sollicitude des conseils généraux. Comparés à ceux de l'année dernière, ils cons-

celles qui s'inscrivaient à la première section de l'ancien budget. Mais les conseils généraux ne sauraient méconnaître l'importance qui s'attache au service des [illegible], et ils savent bien-

	31.005.431
Emprunts qui attendent la sanction du Corps législatif	27.497.100
Ensemble	58.502.531

L'amiral s'empressa de diriger sur [illegible] pilote du pays, une colonne de troupes françaises, sous le commandement de M. le chef de bataillon d'infanterie de marine Brière de l'Isle

seulement ont pu se sauver, tous les autres [illegible] morts.

» A une faible distance de l'embouchure la Jonque avait fait naufrage, c'est également [illegible]

---

jours eu ce courage; qui a su pour cette fois se dissimuler.

Cette peinture incomparable représente (n° 21) les *Catalans*, près de Marseille. Ce n'est assurément pas celle que se disputeront le plus vivement les amateurs; le talent du maître apparaît plus complet en bien d'autres toiles de la même collection, dans le *Village italien*, par exemple, et dans d'autres ouvrages dont nous parlerons tout à l'heure; néanmoins le tableau des *Catalans* est à nos yeux le chef-d'œuvre par excellence entre ces vingt Decamps.

Est-ce un effet merveilleux de l'alchimie des années? cela tient-il aux soins dont ce tableau a été l'objet de la part de ses possesseurs? est-il sorti ainsi de l'atelier du peintre? Je ne sais. Mais, tel qu'il est, je n'en vois aucun dans l'œuvre de Decamps qui ne souffre de lui être comparé.

Au fond la Méditerranée limpide, azurée, et, à l'horizon, dans les vapeurs transparentes qui se dégagent de l'immense nappe d'eau, quelques voiles de haut bord. Au-dessus, le ciel clair et chaud, le ciel du Midi portant ses bancs de légères nuées, ses flocons d'un blanc laiteux roulés en spirale et pressés étroitement. Sur ce décor majestueux se découpe la silhouette d'une vaste construction régulière, assez semblable à un entrepôt de douane, avec ses larges arcades et ses hauts pilastres symétriquement alternés. Plus près, de grands canots échoués sur la plage et des pêcheurs, assis dans le sable, raccommodent leurs filets.

Ce qui échappe à toute description, c'est l'effet de cette petite toile (21 centimètres de hauteur sur 40 de largeur). Je l'ai vue deux fois à quelques jours d'intervalle; la première, elle était en place; lorsque je l'ai revue ensuite et que je l'ai tenue si petite entre mes mains, je ne pouvais croire que ce fût la même, tant elle m'avait laissé un souvenir de grandeur exceptionnelle. La grandeur de l'effet, par une singulière transposition d'optique intellectuelle, était restée dans ma mémoire étroitement liée à l'idée de grandeur-dimension. Jamais Decamps, — et c'est à cela qu'il excelle pourtant, — n'est allé plus loin comme unité d'aspect : ciel, mer, fabriques, terrains, personnages, il est impossible d'y rien déplacer; tout s'y tient rigoureusement, y baigne dans la même atmosphère dorée, emplie de lumière, d'air, de brises marines, des souffles attiédis venus des déserts africains. L'œuvre n'est pas datée.

Nous venons de parcourir des paysages français, des sites italiens, dans la collection E. G. Est-ce qu'il n'y aurait pas de vues d'Orient? Que le lecteur se rassure. Une galerie de *Decamps* sans motifs orientaux serait découronnée et celle-ci est fort complète. M. E. G. possédait en effet deux tableaux bien célèbres : le *Paysage oriental* (n° 8) et l'*Éléphant et tigre* (n° 11), si parfaitement lithographiés, le premier par J. Laurens, sous le titre de *Souvenir d'Asie-Mineure*; le second par Eugène Leroux, sous le titre de *Désert indien*, dans la belle suite des maîtres anciens, modernes et contemporains, réunie et publiée par M. Bertauts, l'habile imprimeur-lithographe. Nous étudierons très en détail un jour ou l'autre cette remarquable réunion de lithographies où toute l'école moderne de 1830 à 1850 a laissé l'image fidèle de ses meilleures productions. La vogue éphémère de la photographie a pu un moment rejeter dans le demi-jour cette rare collection de plus de deux cents lithographies dont bon nombre sont des œuvres d'art achevées. Cet injuste oubli ne peut durer si l'on recherchera un jour ces précieux témoignages dont quelques-uns assurément portent la griffe de Delacroix, de Théodore Rousseau, de Decamps et qui ont tous été exécutés sous leurs yeux, sous leur direction. Revenons aux peintures.

Le *Paysage oriental* est un des triomphes de Decamps au point de vue de la composition. Decamps a traversé une époque de sa vie où les ouvrages de Nicolas Poussin l'empêchaient de dormir. Ici, il a pleinement atteint le but de son ambition. Il a retrouvé une majesté de lignes digne de Poussin, sans rien perdre de son originalité propre, tout en restant Decamps. La convention nécessaire à la pondération des masses s'oublie entièrement devant la fierté pittoresque du site. En cherchant bien, on retrouve tout le calcul, toutes les combinaisons réfléchies de ce jeu de patience qui constitue le paysage dit de style. Mais là est le triomphe, cette œuvre si profondément méditée a l'allure, la vie et l'éclat d'une œuvre de premier jet. C'est un tableau d'artiste, de peintre, non une peinture de « philosophe; » en pareille matière, l'honneur est grand pour Decamps, à mon avis.

Au milieu de la plaine un aqueduc en ruines avance par larges assises jusqu'aux premiers plans. Il est coupé brusquement, verticalement, au bord d'un bassin de pierres. L'énorme muraille se dresse à pic au centre du tableau concentrant et réfléchissant la lumière. Au-dessus, quelques soldats fièrement campés (l'un d'eux tout droit dans le ciel éblouissant) interpellent des femmes qui viennent avec des attitudes de statue antique puiser de l'eau à la fontaine. Tel est le motif principal. Mais quelle richesse d'imagination dans le détail! Partout la vie continue indifférente et se poursuit autour de l'épisode. Les chèvres perdues dans les anfractuosités, escaladent les durs rochers, broutent du bout des lèvres le feuillage des lentisques parfumés; à l'ombre des pins parasols si grêles, si élancés sous leur dôme de feuillage, s'abrite une petite maison avec le mouvement de ses habitants; plus loin, dans le sentier, passe un cavalier vêtu de rouge sur un cheval blanc; au-delà le piétinement des troupeaux dans la plaine; puis les collines, les oasis, les villages; à l'horizon les monts qui découpent leurs tranquilles contours sur le ciel rayé de courtes nuées, jointes bout à bout et formant de longues bandes zébrées. La lumière du ciel, ses reflets, ses longues traînées à travers l'étendue, et, j'y reviens, le savant accord de la composition dans une donnée absolument originale font de ce *Paysage oriental* une des perles de l'œuvre. Le tableau tel qu'il est maintenant a besoin que le temps éteigne un peu ses violences d'éclat.

Dans le *Désert indien*, l'éclat, encore monté de ton, s'il est possible, conserve, malgré son intensité, une harmonie générale plus puissante. La composition, on le sait, est d'une simplicité audace. Un terrain plat; — et, écrasant tout de sa masse, envahissant le ciel presque jusqu'au bord du cadre, un énorme éléphant vu de face. Le monstrueux animal descend la berge d'un cours d'eau pour y boire, fort peu inquiet de la présence d'un tigre qui, à dix pas de là, ramassé sur lui-même, se prépare à bondir contre lui. A cela près, c'est le paradis terrestre des éléphants, que ce coin de terre brûlant. Ils y vivent par troupes, s'y balancent lourdement, agitent leur trompe au moindre souffle d'air; ils s'y meuvent en toute liberté, en toute sécurité, avec la superbe indolence, la suprême indifférence de souverains asiatiques enfermés dans le harem.

A étudier cette petite toile de fort près, on reste confondu en s'apercevant de combien peu il s'en est fallu que cette merveille de lumière ne fût qu'une affreuse mêlée de jaunes d'œufs. Le résultat cherché est pleinement, légitimement obtenu; mais on en a le choix de poule. Decamps marchait là sur le tranchant d'un rasoir.

Il nous reste maintenant peu de toiles à étudier; mais dans ce petit nombre quelques-unes de grande valeur. Sauf une ou deux, par lesquelles nous terminerons notre visite, ce sont [illegible] intérieures : les *Paysans italiens* (n° 3), attablés dans une auberge; c'est un coup de soleil à la Pierre de Hoogh qui domine le tableau; — l'*Écurie de poste aux chevaux*, tout entière dans le demi-jour bleuté, épais, humide; — les *Pirates grecs*, assis causant à l'intérieur d'une [illegible] au bord de la mer et quelques voiles; — une *Italienne* priant dans une église; — des *Albanais* à la porte d'une prison; — enfin le *Café turc* : de graves personnages à turban, enfoncés dans l'ombre d'une sorte de treille ouvrant sur la rue. Les armes, le chien viennent rompre [illegible] les lignes verticales de cette œuvre fine et forte, un peu dure dans les lumières, mais résumant bien les qualités pittoresques de Decamps.

Avant d'arriver au dernier tableau dont nous ayons à parler il faut mentionner une esquisse [illegible] très chaude et colorée d'aspect : les *Jardins d'une mosquée*, n° 16. Les personnages y sont réunis par groupes, au bord de l'eau, sous de grands arbres, d'un fort beau caractère, à l'ombre des minarets et des coupoles de la mosquée qui s'élancent dans une perspective fluide et limpide.

Quant au tableau que nous avons réservé pour la fin de notre visite, il n'est pas le moins curieux de la collection. Le peintre du soleil a voulu prouver sans doute qu'il savait aussi peindre la nuit. Il a choisi pour motif, motif unique dans son œuvre, Napoléon Ier arrivant le soir à un bivouac. L'empereur, à cheval, suivi d'un petit état-major, a quitté la route et se dirige vers une ferme qu'on voit loin dans l'ombre [illegible] par la lumière du foyer. Il passe au pied d'un moulin à vent qui découpe son étrange silhouette sur le ciel chargé de blanches nuées. La lune sortie de l'horizon, s'élève lentement vers le zénith, jetant sur la campagne et au loin sur l'armée en marche, sa [illegible]

Ce qui nous frappe [illegible] à la vue de ce tableau, c'est la [illegible] que Decamps apportait à justifier dans ses compositions le moindre détail de la mise en scène. Il avait cette conscience, qui se fait rare, de ne rien abandonner au hasard. Il avait le don précieux de concevoir l'ensemble de son tableau et de rendre [illegible] le détail sans que celui-ci nuisît à celui-là. Son éducation fut malheureusement incomplète; en dépit de son extrême habileté, on en voit quelquefois les lacunes et les faiblesses. Decamps n'est pas un coloriste, mais un peintre de lumière. Il obtient trop souvent la lumière par des procédés d'opposition, de repoussoir, [illegible] la seule puissance des [illegible] dans le *Port* [illegible] *de Dieppe*, dans les *Catalans* et alors il fait des chefs-d'œuvre. La facture proprement dite joue un rôle considérable dans sa peinture; mais qu'importe le moyen en présence du résultat? Peu d'âme, peu de sentiment dans son œuvre; une fantaisie toujours en verve, une certaine poésie qu'on aime à [illegible] de quelques [illegible] originalités.

En somme, l'exposition de la collection E. G... va certainement ramener à Decamps bien des partisans. La renommée de l'artiste traverse en ce moment une réaction de l'opinion publique, toute naturelle. Le jugement de la postérité, avant de s'asseoir d'une manière définitive, subit en effet une série d'oscillations alternatives [illegible] Ingres, Géricault, Delacroix, [illegible] des noms plus grands que celui de Decamps; [illegible] Decamps restera [illegible] comme un de nos peintres les plus originaux.

Ernest CHESNEAU

www.ingramcontent.com/pod-product-compliance
Ingram Content Group UK Ltd.
Pitfield, Milton Keynes, MK11 3LW, UK
UKHW020529180726
13839UKWH00005B/2390

9 782329 359366